三民叢刊215

冰河的超越

葉維廉　著

三民書局　印行

給

陪伴我數十年來

穿越苦難與危機的慈美

冰河的超越

目次

歲末切片

歲末切片

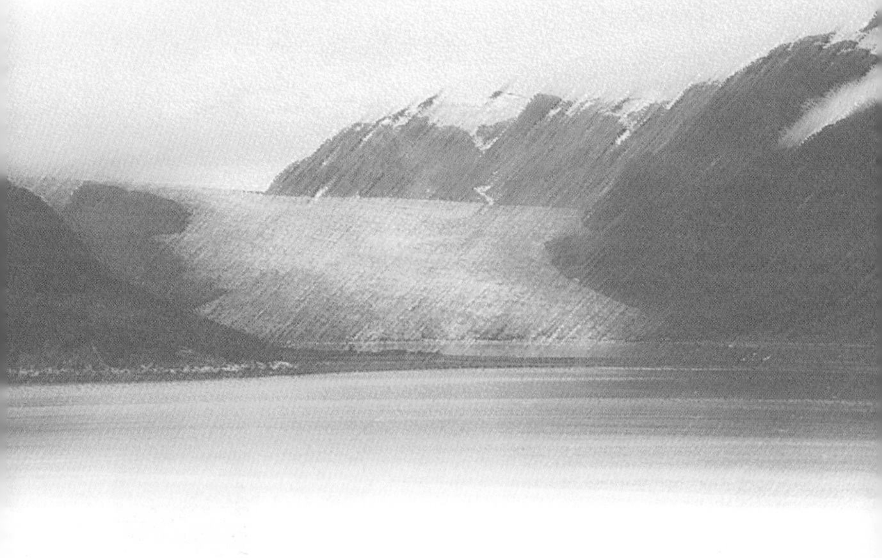

歲末切片

1

醒來
感覺
困鈍
如枯苔的
帶子
掛吊自肩膀
逶迤在下身

風鞭雨箭
敲打著
廢置在荒野的
城市

2

輕輕地
踩著
乾脆的落葉

每天早晨
血脈
壓迫著

琉璃的神經
欲破未
破欲斷未
斷

葉
裂
霹
靂

3

雲
那麼輕易地

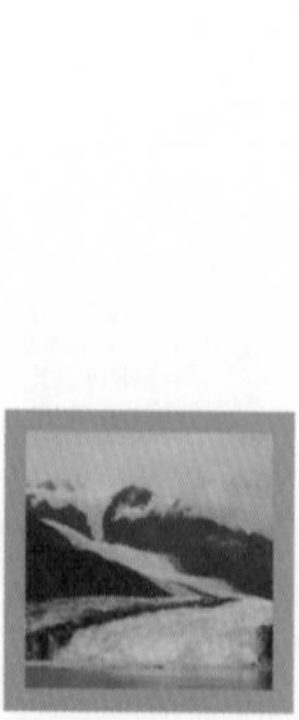

傾瀉
把城市浮起
馳航入
大化裏

4

春天終於
用花朵的
燦爛
把天空的
沉雲
擊破

5

在深沉的靜止裏
在驕橫的石柱間
聽：
悠悠升起的一支
先日月
先天地的
歌

靈魂日記

一

山水既放
我們便流浪在失青的三合土建築間
把腐體摺疊成包袱
捧著靈魂前行
盲目的蝙蝠
在黑沉沉的大廈的壁縫間
東撞　失路
西撞　折翼

盲目折翼的蝙蝠
追逐著
自己交錯疊疊的影子
追逐　追逐　追逐
迴飛在重重沉重的黑夜裏
猛撞
盲撞
綠色的記憶
在脫離了肉體和骨骼後
浮游在
靈魂的邊緣
失魄的鬼火那樣
隱隱現現

要在石壁上
擦亮
一線出口
讓猛撞盲撞的靈魂
撞出
鐵石的囚籠
在徬徨無向的圓周外
去尋找身體
去尋找骨骼
依著一些零落的風
依著一些偶發的雨
去尋找那
夢寐難忘的

流放在異域的山水

二

砰！
猛猛的濺瀉
忙亂中
夢見自己
鞭逐自己攀緣日日月月跋萬山涉千水數十年的穿
行
終結於猝然撞入一片無阻無礙的透明裏
片片玻璃落地
片片炸裂的鏡子
盛著

一隻隻茫茫的眼珠
一節節憤怒的手指
肝、膽、腸、胃、心臟
在灰然脫血一片
糾纏在
疊割鏡片邊鋒的夾縫裏
使得我
無從
為情感界義
為理性書寫

氣象之歌十二首外三折——致蕭勤

一

開始時
熊熊的烈焰
逐著
熊熊的烈焰
逐著
熊熊的烈焰
在太空太虛中
把黑暗爆開

把黑暗渦漩
為火花之雨
火雨之花
雨花之火
花火之雨
在泥土混沌成形之前

二

其後
一次又一次
在萬綠的叢中
爆出
一條條

燦爛的
繁花之路
一如
一個
遺忘了多年的
清柔的聲音
把我們的遲鈍擊破
使我們
自怠倦中躍起

三

是約定好的呢？
是沒有約定好的呢？

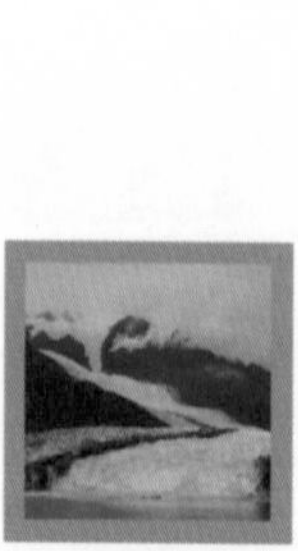

岩漿和海水相擊成奇麗
地裂成谷
山升成島
風刀
水鑿
十年百年千年萬萬年
刻鐫著
你
我
引頸的
仰望

四

由是
雲
騰駕著
雲
凶猛地
自天邊
奔馳而來

一萬個
黑沉沉的山嶺
禁不住
向我們

步步蠕動

五

迷茫是水
迷茫是天
迷茫是水連天
　天連水
其中有風
其中有浪
一個搶一個
向有限的陸地？
向無限的太虛？

六

萬箭狂潮
折散於
群石的
頑固

七

三肢狂浪
突然
湧馳入
畫框裏
出其不意的驚喜

驚喜的出其不意

八

萬物
萬化
也一樣
在你我出神之際
發生：
譬如
密織如鱗的層雲
密織如蓆的天風
行行止止
止止行行

一夜間
在村屋之上
佈署了整個天空
譬如
我們時時詫然欲問：
是誰的手
握著怎樣巨大的毛筆
蘸著飽滿的顏料
如此向藍天一揮
一抹！
好燦焉的一條
色色相爭的天河！

九

從雲中傾出
從天外的山峰上始發
震耳欲聾的
瀑布
濺瀉
一天的色彩
垂天的水簾
把一切的喧聲
隔在
藍雲外

十

淋漓盡致
即是慾望的瀟灑
只一瀉
只這麼一瀉
瀟灑的
淋漓盡致

十一

在大空大無中
凝
聽

靜

止

十二

凝聽
化石
用它微細的脈絡
用它音樂的流痕
敘述
遠古緩緩生長的歷史

歌外三折

第一折

來來往往
縱來
縱往
橫來
橫往
斜來
斜往
會而分

分而合
合而復分
來來往往
無休止地
來來往往
為等待　那　一朵花開？
為等待　那　一隻鳥鳴？
為等待　那　期盼了多年的女子？

第二折

一隊細長細長的人群
又一隊細長細長的人群
又一隊細長細長細長的人群

又一隊細長細長的人群
又一隊細長細長的人群
源源不絕地
自北方向南遷行
一團沉黑沉黑的車輛
又一團沉黑沉黑的車輛
又一團沉黑沉黑的車輛
又一團沉黑沉黑的車輛
又一團沉黑沉黑的車輛
又一團沉黑沉黑的車輛
一天的沉黑
一地的雷動
由南面天邊逼來

對峙著
在一線
一觸即發的
空白裏

第三折

隨谷而旋
遇山而折
折而曲
曲而轉
突出平原
直奔萬里而不竭

其為氣也
日塞天地而壯太空
順河而行
曲折迴環未竭
其行也亦氣
萬物競麗
人獸爭生
天之氣
水之氣
人之氣
順而活潑潑
逆
則滯

則疾

則止

若壩之設而河死

若濁之集而天亡

若血之栓而人滅

其為氣也

如此

蜂鳥

顫動急促
急促的顫動
顫動的雙翼急促
如蜂鳥
騰空拍翼
顫動急促
急促的顫動
顫動的情慾急促
騰空
拍翼、撥雲撥霧

31・鳥蜂

撥開一切的猶疑
騰空
拍翼
保持一種向度
保持一種衝勢
弓張弦緊
等待花香的散發
等待蜜潮的激湧
騰空
拍翼
急促的顫動更急促
激烈的拍翼更激烈
騰空

拍翼
忽升
忽降
等待花香的迷困
等待蜜潮的淹沒
等　等　等
弓盡拉
弦盡緊
就如此事事無礙、物物無礙地
用最適切的向度
用最舒泰的衝勢
箭入雲霄的逍遙裏

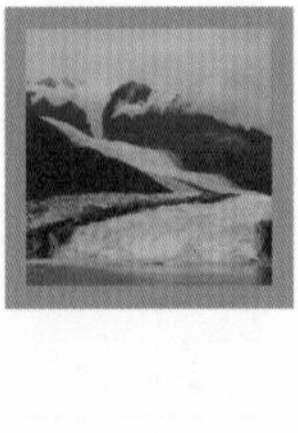

門的美學

帝王從來不知道轉動門鈕的快感。❶

一群沐浴在現代化奇蹟的人們，呼喝一聲：「開門！」門的自動系統立刻辨認出主人的聲波而應聲開門。在沉醉中他們搖搖晃晃，跌入迷茫光影中閃閃生輝異質異形的物林裡。神經的激盪，一種神秘的幸福感，似有似無，自眾多的物品間升起……

至於門，門和門鈕，門和手的觸摸，觸摸和感覺，感覺和猛然湧躍的快感，游走於杉木楓木橡木門之間。猛然湧躍的快感，自沉鬱的鐵門，自威猛的銅門，自繁褥的銀門，自暴虐的金門。太陽的放射，月亮的圓

❶ 法國詩人龐茲(F. Ponge)的句子。

柔，山嶺的騰躍，海水的波揚，指引著手不徐不疾的刻磨，隱約是年輪的漩動，風的飛舞，是色澤在時間長久的撫觸下淡出淡入以及木纖維在暴風雨年年鞭打下失跡脫落和凹裂……啊！顏彩！熱烈的紅。活躍的綠，會唱歌的顏色。瘋狂抖動的節慶的顏色。看！這與天藍賽美的松綠石色，一塊長方形的翠青，自泥黃的土牆上躍出，邀我們進入其中冥思遨遊！這些多樣肌理多樣顏彩的門與由溫暖的金屬和涼冷的玉石鑲嵌而成的門鈕以及因著觸摸、轉動而產生的快感和湧躍的美，帝王從來不知道。這種快感和美的顫動是屬於生於泥土、活於泥土、依著泥土無聲的音樂呼吸、依著泥土律動自如的脈搏來創造和工作的人們。「帝王從來不知道轉動門鈕的快感。」他們壓根兒不認識門的美學。那些對著單調瘂色滿是囚籠鐵條廢了門鈕的應聲門發號施令的現代人，也一樣，從來不知道轉動門鈕的快感，也一樣，壓根兒不認識門的美學。

火山盟

在埋掩著萬年生命
由火山口一直伸到海邊
彷彿猶在洶湧流動的
黑壓壓的岩漿上
許多新的舊的
羅蜜歐與朱麗葉
約翰與瑪麗
梁山伯與祝英台
在藍海的裙邊上
拾取一簍簍的

漂得雪白白的珊瑚屍骨
然後細心地
在黑油油的夜空上
砌出
各式各樣的
愛的星座
手握手
同心結
交杯合巹的圖象
以及
雲那樣長
天那樣遠的誓語

來抗拒
下一次更悲壯更傷情的劫灰

去物造物

轟！
萬年的積鬱
火
把地心
混沌的
沉潛的
岩石
金屬
憤然吐出

39・物造物去

斑斕一片
洶洶的火焰
熊熊的岩液
千軍
萬馬的
驅勢
火刀一刺
　　而樹去
液劍一揮
　　而草無
火刀
　　衝刺
液劍

　　狂揮
見山破山
見谷破谷
嶺嶺湧動
谷谷橫流
不斷的解
不斷的構
去形
　　賦形
去物
　　造物
焰液
如是

嶺嶺湧動
谷谷橫流
向大海
奔去
風扇動
雨鞭打
浪圍擁
在淒淒颯颯的沸騰中
激情流
而為嶺
舒
而為土
凝結為岩

為地
為島
為山
為谷
為林木
為繁花
熱烈的爆放
熱烈的生長

冰河灣

冰河興

一、冰河的超越

我們只能以相似的沉默
去抵住
億萬年晶白橫千里的大靜大寂
我們的思維彷彿束手待擒
瞿然被全線鎮住
切斷
無從伸入
那冰雲高飛雪雨橫瀉天地一色的茫茫

我們的呼吸瞿然被屏住
我們要重新調整
呼吸的速度
緩慢、緩慢、再緩慢
至零
去感觸
冰河分釐的推逼
一千條垂天的冰河
一萬里動猶未動隱隱的湧流
橫空一片白，啊不，奪目盲目的一片晶藍
我們從沒有見過如此奇特閃爍的晶藍
我們亢奮而頭空目眩
我們雀躍而情緒糾結

億萬年動猶未動的湧流上
看：千千萬萬
被凝固的呼喊
倒插的刀鋒
互相擠壓著
互相擠壓著
等待
等待
冰床岩再一次的滑動
等待了千年的呼喊
也許就在此刻
與冰河母體分裂
以震耳欲聾的濺響崩墜

加入釋放的流冰
漂入遙遠的永續不斷的循環？
冰河凝固如磐石
動猶未動
我們只能等待
　　　　等待
以零度的呼吸
以寂寂的脈搏
去探測
冰河若虛若實的推逼
去思入
億萬年千萬里冰河的超越

二、冰河灣的甦醒

冰清的空氣
一圈緊接一圈
柔柔的擴張
終於把
睡眠的硬殼
逼破
我們
突然
從萬里烟焚歷史記憶的碎片中
躍焉醒來
一種神異的感覺
刻刻的不尋常

貫穿全身
全身的細胞
像一萬朵花苞
一齊打開
相爭
去吸取
貞清冰潔原始初生早晨的純香
是誰
把億萬年封壓千哼橫蓋百里的冰被
一夜間
拉開、折碎、消融、化滅
讓我們醒來
便擁抱著幸福

擁抱著這全然樸素無瑕的冰河灣？
何其神秘的滌蕩啊
我們以孩子好奇的眼睛
在微綠初發的坡谷間
尋找我們
億萬年來同根相生同脈相動
披羽帶茸的兄弟姐妹
在草木間的騰躍
天藍裏
白雲片片無心出岫
鷹揚以滑行的律動
引領我們
飛越河灣環袖

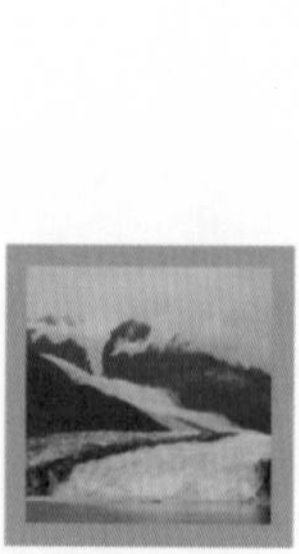

如眾神默默佇立的冰峰
花苞初開的耳朵
凝定
凝聽
心耳如一地
凝
聽
透明無聲的水藍下
新生魚類的游躍
凝
聽
激蕩我們內耳的大寂
偶爾被灰鯨翻身濺響沖破

海狗海獺
乘著白鳥白雲的冰塊冰山漂行
啊一隻滑下去了
矯健的翻轉
敏捷地又躍上去
啊又滑下去了
乾脆仰臥在徹寒的水上
伴著冰絮寫意地漂流
啊，是什麼氣息
陌生又似曾相識的氣息
從遠古奔來
一萬種不同的發散
柔細的微顫

若有若

無

我們搜索記憶

在記憶中搜索

那被遺忘了億萬年的某種純粹

我們必需除卻

感覺屯積多年錯誤的衣衫

重新學習那湖邊麋鹿的試步

一步一驚一步一喜地

去舔嘗

綠玉冰心的水香

讓我們打開觸覺所有的花瓣

讓我們伸出觸覺所有的手指

迎向
跨踏兩岸劍峰的冰虹
航入冰河灣
潛藏天放天作奧秘的深谷裏

三、冰河的悲歌

當嶺外天天外嶺巍峨不見邊際的恍惚裏
緩緩地飄下細雪
細雪疊著昨日飄下的細雪
疊著前日飄下的細雪
緩緩地
細雪疊著去年飄下的細雪
疊著前年飄下的細雪

雪疊著雪疊著雪疊著永不融解的雪
緩緩地積壓成
冰晶冰層冰箔相連覆蓋九萬餘里
冰層疊壓冰層
冰岩疊壓冰岩
冰床疊壓冰床
在幽閉無光的地面上
巉巖的冰角
以萬噸沉重無形的移動
緩慢地耐心地
千春萬秋
為人類為獸類為禽鳥為蟲兒為群樹為眾草
削磨著肥沃的原野

準備著生氣勃勃萬種風情的誕生
巉巖的冰角
緩慢地耐心地
雕塑斷層雕塑裂峰雕塑摺石雕塑曲洞
準備著風掃雲湧雄渾天籟的升揚
陰陽互推
虛實成律
當凝固的冰河
以最緩慢最緩慢的崩解退卻
千春萬秋
損之又損以至於無為無為無不為
如是
把原野打開

人馬奔馳鷹鳥飛旋草木簌響
冰河以最緩慢最緩慢的退卻
損之又損以至於無為無為無不為
把樸素的冰河灣一一釋放
發散著永久的純香
貞清冰潔
溫暖的暗水破地面衝出
冰河崩離作月形床裂
髮辮的溪流
淙淙匯合而為
壯麗的大川大江大河大海
新生的魚類
在流水間

在海草的舞動裏
悠悠自樂地游躍

當冰河以最緩慢最緩慢的崩解退卻
創造四時得節萬物不傷群生不夭的天放
人類卻以最快最快的速度
屯積屯積再屯積
屯積目盲的五色
屯積亂耳的五音
屯積厲口的五味
如煙焚歷史血流不止的記憶
盡是掠奪、扼殺與埋葬

在倫敦在巴黎在紐約在芝加哥
在加爾各答在東京在上海在香港在臺北
一種突然崛起的僵直的生長
巨大的骰子，一骰子一骰子的貪婪與私慾
疊起又疊起疊起入雲端
以一種奇黑的晶光
宣說著某種驕傲
一方一方的灰色的繭架
擠壓又擠壓
膨脹又膨脹
彪形的鑿擊鏟劈
一夜間
如出籠的大蟒四散

侵入
起伏如歌的青山
依風嘯響的草原
宛曲柳暗姿展花明的谷壑
腐蝕盡
所有初生的亮麗貞明活潑潑
插天的烟囪林間
飆風狂起亂烟竄飛
在失色的太陽下
在焦濃的空氣裏
千萬隻白鳥疾墜失跡
幽閉的地層下
蛛網藤蘿的地下水管

轟然爆破
惡臭的排泄物滲著化學廢料
猛猛地
沖入泰晤士河赫遜河恆河長江淡水河
沖入黃海東京灣維多利亞港臺灣海峽
沖入大西洋太平洋印度洋
飼養我們的魚類一一變形、毒發、身亡
飆猛衝刺的拖拉機
和巨齒橫張的電鋸
相爭
把奧秘幽微的雨樹林一一剖腹
四時失節
群生失恃

海洋沸騰
暴風四起
天燒
地裂
山崩
河缺
一殼子一殼子的貪婪與私慾
一箱一箱的人類
黑沉沉的漂流
掩蓋了全部初生貞清冰潔的冰河灣

〈後記〉一九九七年九月初，我，內子慈美和詩人洛夫共遊阿拉斯加，在新生的冰河灣初次與壯麗的冰河群相遇，面對這近似無為無不為、無言獨化、宇宙偉大的運作，喜悅、震撼、思涉千載而心有戚戚焉，遂有〈冰河興〉的誕生。

■阿拉斯加冰河灣壯麗的冰河群之一
／廖慈美攝

■作者在Mendenhall冰河前／廖慈美攝

■冰河……與冰河母體分裂
以震耳欲聾的濺響崩墜
／廖慈美攝

■嶺外天天外嶺巍峨不見邊際的恍惚裏……
雪疊著雪疊著雪疊著永不融解的雪
緩緩積壓成
冰晶冰層冰箔相連覆蓋九萬餘里……

／廖慈美攝

櫻花季節

櫻花季節給孩子們的詩

一

昨夜
是誰這樣輕心大意
一腳踩入白色的顏彩裏
一腳踩入粉紅色的顏彩裏
然後把足印
印白色的星
印粉紅色的星
印遍所有的花園

印遍所有的河岸
印遍所有寺廟的黑瓦
印遍青青的山頭
印遍萬里無雲的藍天？
你們問。

這必然是
春風的
貓足。
我說。

二

雲花　花雲

霧花　花霧
一團團
一浪浪
浮游在
佐保川的兩岸
流入遠山
流入陽光燦爛的大海

三

半山上的長谷寺
一片黑色的屋瓦
斜向右邊另一片黑色的屋瓦
斜向左邊另一片黑色的屋瓦

再斜向右邊另一片黑色的屋瓦
再斜向左邊另一片黑色的屋瓦
一層一層的下來
石級的長廊一節一節
一百級、兩百級
三百級、四百級
拾級而上、上上上
上至此刻浸在粉紅粉白的
長谷寺最高的屋頂
東一泉櫻花噴起
西一泉櫻花噴起
這邊一泉的粉紅
這邊一泉的粉白

然後順著右邊的黑瓦滑下
　　順著左邊的黑瓦滑下
　　順著東邊的廊脊滑下
　　順著西邊的廊脊滑下
好一條粉紅粉白的瀑布！
左沖右彎
沖下沖下
直到山下藤架的垂櫻
如冰柱初溶欲滴
滴滴滴滴
好一片若有若無的花香！
洗滌著我們疲倦的旅心
洗滌著我們疲倦的雙腳

一 櫻花季節給城市人的詩

1 上班族與櫻花

沿著河岸彎行的鐵道旁
陽光下
好一片燦爛的垂櫻
粉紅粉白的光滴滴

車箱內
上班族
東歪西倒

利用行車的兩小時
去彌補每日流失的睡眠
頭垂髮掩
短暫的夢
顫得粉碎不全

嫵媚的櫻花
奮發地開放
寂寂地飄落
淺白淺紅淺紫
一片一片
一點一點
飄入靜靜無名的小河裏

鋪得一河的Pissaro
透白透紅透紫的Pissaro
燦爛的垂櫻
粉白粉紅粉紫
全然沒有人看見

（大阪行車上）

2 雪國之春

努力不去想
日本友人對川端康成的批判：
不負責任的沉醉
背離社會陣痛的美的建造
努力不去想這些

當我們的火車
穿過北行最長的隧道
黑暗中
一張令人著迷的女子的臉
適時在車窗上閃亮
一張絕美的臉
一片天地無痕的大雪
切膚奇寒中一池一池的溫泉
和依依楚楚的
水烟中的裸體
現在是春天
隧道的盡頭是川端的北國
此時沒有雪

雖然仍然是
一城一城的溫泉鄉
隧道的盡頭是雨中
一山一山的櫻花
在霧青霧藍中
在松霧霧松中
閃閃泛紅
閃閃泛白
暗香浮動
在淋漓欲滴的
雲鬢間
暗香浮動
櫻花依著氣溫的脈搏生長

櫻花依著氣溫的激情
把本有的美全然釋放
不喧呶不囂張
寂寂柔柔
柔柔寂寂
去抗拒我們固化生活的鐵鏽
去喚醒我們
遺失了很久很久的
一點點屬於美的人性

（北國）

3 櫻花與忍者寺

不堪指彈

飄飄片片
如細雪的
一株
垂櫻
在忍者寺
黑瓦重重包圍的
庭院中央
紛紛開且落
一個女子
一個男子
禁不住情湧情動
在片片的細雪下
作一刻的親暱

在一群好奇的訪客
把他們推入忍者寺之前

「歡迎你們到日蓮宗妙立寺的祈願所來！」衣裝細緻的女子背誦如流滔滔不絕地敘述幕府下加賀三代藩主前田利常消滅異己後如何建立奇拔的忍者寺，如何在金箔玉砌的神壇後上下七層二十三部屋二十九階段佈滿種種祕道與機關，說時遲那時快，樓梯紙障外人影幢幢，護衛的忍者快鏢飛出，障外人應聲倒地，忍者把紙門拉開，從上下祕道追出去；近身忍者敏捷地把地板拉起，護著藩主入地穴、過太鼓橋、在切腹間瞿然稍頓、然後急急從石井的隧道逃出去……。

刃人者人亦刃之
慈悲為懷的日蓮宗妙立寺

盈溢著
謀殺謀殺謀殺

不堪指彈
飄飄片片
如細雪的
那株垂櫻
孤單地
在庭院中
紛紛開且落

（金澤）

4 哲學之道與櫻花之思

在京都哲學之道上散步
沉吟思索些什麼呢
這，你要問西田幾多郎
今日大雨初晴
太陽風熠熠
櫻花夾曲水凡二三里
飛花片片
飄在我們的頭上
落在女子的鬢邊
停在心上人的眉睫上
不要沉吟不要思索
讓我們靜靜的穿行

靜靜的欣賞
飛花片片的旋姿
旋過我們的耳邊
鈴聲微顫地
落入淙淙的流水中
一片落花一片心
說不明白的思緒
充滿感覺的詩情詩思
誰要在春天
春城無處不飛花的時刻
去想那些抽象的東西
吐絲自縛呢
看，這一片粉白

看，這一片粉紅
看，這一片
啊該用什麼顏色描述呢
忘記語言
忘記詩
一片飛花一片情
讓我們輕輕按著花的呼息
一步步
感出花的生
　　花的開
　　花的落

（京都）

■奈良無處不飛香
／山田武雄攝

■條條粉紅粉白的瀑布
左沖右灣
沖下沖下
直至山下藤架的垂櫻
如冰柱初溶欲滴……（長谷寺）
／葉維廉攝

■慈美在大阪大川旁盛放的櫻花下小駐／葉維廉攝

■哲學之道上，
櫻花夾曲水凡二三里，
飛花片片……
落入淙淙的流水中。
作者與河田悌一教授。
／廖慈美攝

再見故國

朝辭白帝

在一個沒有彩雲的早晨
破舊的交通輪
向白帝城停靠
憤怒的長江
一口氣
把不能消化的保麗龍等諸種垃圾
激濺上黑色的河岸
臨江旅舍的破窗
如失去光芒的假目
呆呆地望著

鬱鬱的舊城門下
囤積著千萬黑沉沉的人頭
焦急的眼神
疲憊的眼神
在發霉的城門下
在污臭碼頭的石階前
焦急地等待著
疲憊地等待著
一艘船要帶給他們的
一點點金黃的將來
一點點生命的轉機
是「皇天」怎樣不純之命啊
讓百姓忍受種種的災困

去故鄉而就遠
家離親散而相失
心心網結而不解
憂憂塞蹇而不釋
是「皇天」怎樣不純之命啊
讓他們不計千山萬水的困頓
不計數十年針刺力攪的痛楚
去故鄉
向迷茫的遠方奔馳
忘記飢餓
忘記累累的足繭
湧入盲流
任盲流

流他們入盲瞳中
偶現的一線微光
流入盲流
盲目地湧入
無地容身的狹窄的船艙
在漠然與漠然之間
在石化的凝視
與石化的凝視之間
在貨臭、汗臭、污臭
與排泄的濁氣之間
在蒸氣房的高熱
與窒息的空氣之間
他們緊抱著自己

屈卷在狹窄的過道上
倒臥在堆積著物件的樓梯間
趴在粗糙的行李包上
掛在生鏽的船欄邊
盲然茫然地看著
三峽巍峨拔起的山石，看著
巫山一重又一重
引向永遠在迷霧中的山峰
是「皇天」怎樣不純之命啊
讓他們路斷橋斷
那樣決絕地
投入盲流
到遠方

在三峽迷霧的盡頭
在暴發的資本主義市場
和暴施的極權制度的狹縫間
去追尋
些許
剩餘的
金黃的將來？
沉重的船
搖晃在沒有猿聲的兩岸間
在氣蕭森的巫山下
在江間波浪兼天湧的峽道上
裝載著的
是你說的三峽山川的壯麗

是我心中的人世的蒼涼？

〔小記〕：嚴格的說，這是我太太慈美兩句話引發的詩。她和我過三峽時說：對你來說，三峽山川壯麗，我看見的卻是令人悲傷的中國人的命運。詩中所有當然都是實境。「盲流」是目前大陸的流行語，指的是因為城鄉間巨大的經濟差距，一直沒有改進的窮鄉的青年，大量的流入北京、上海等大城中去當廉價的勞工。「盲流」指的是這種「內在的移民潮」，這種「內在的放逐」。

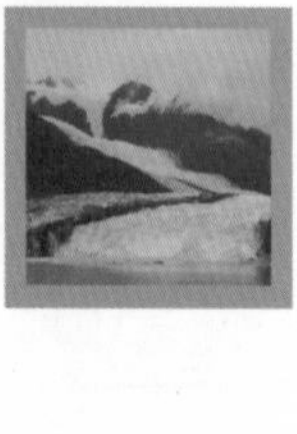

初登黃鶴樓

故人
在我心中
就是孟浩然、李白和崔灝
他們都已西辭東去
或東辭西歸了
乘烏帆？
坐仙鶴？
烟花
在唐代此地
必有它的美

尤其是唐代三月的長江
沒有煤烟污染的烟
沒有塵垢的春天的花
而且當時的藍天
絕對透明清澈
長江可能也還是黃泥色
但絕對沒有澱積千年的惡臭
至於揚州則仍在那個方向
名字也沒有更動
是否如唐代那樣動人
就不得而知了
孤帆現在少見了
如果有也難以看清遠影

天空既然不碧藍
當然也就談不上「碧空盡」了
說穿了
是一片濃濁的茫然
連呼吸都有困難的茫然
回頭一看
只見長江茫然失
不見長江天際流

北京大學勺園初曉聞啼鳥

是昨夜滂沱大雨的關係吧
滿天沉重濃濁的空氣
都全然沖洗乾淨
你一早就到我窗前
繞著一群未知名的美樹
時高時低
時遠時近
把亮麗的啼聲
撒在滿地待開的蓮花上
我聽見你的呼叫

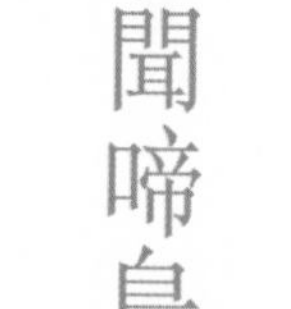

你在哪裏呢
我尋索又尋索
尋索了很久
你還是那樣
遠近高低不停地
以簡單的四個音節
鳴唱
現在是五月下旬了
你可是遲來的
「不如歸去」？
新晴的初陽裏
為什麼你的鳴唱裏
隱約有微微哀戚的顫響呢？

我心中有些奇怪
為什麼昨天，前天，大前天
　的早晨
你沒有像今晨那樣
不斷地熱切地啼叫呢
是因為你被濃濁的空氣
隔離在京城外？
是因為你柔弱的翅膀
撥不動沉重窒息的空氣
展翼歸來？
還是
你要告訴我

趁雨後的澄明
「歸去」「歸去」？

牛渚懷李白

1

從林散之的時乾時勁
亦行亦草的書法
走出來的時候
正是大雨乍停
滂沱後的漓漓續滴
把深密的萬竹林的暗綠
一下子洗得一片瀏亮
滴滴滴

竟是如此的靜寂
寂寂寂
竟是如此的森穠
還來不及撫平心中的洶湧：
林散之書法的回響
你詩中的
衝波逆折孤松倒掛
湍瀑爭喧冰崖響雷
便已沉入你的
樹深時見鹿
溪午不聞鐘
此刻禁不住暗叫一聲：
對！

大寂中的凝視凝聽
興酣間的落筆搖五嶽
都是你心懷逸興的壯思飛！

2

李白啊，此時在太白樓頭，如果你在我身邊，你也會像我一樣的憤怒，憤怒於那些講解人矯揉做作的油腔濫調和她們煽情的廣告詞字，把你的「酒氣」和「仙氣」大大地誇張，神化，物品化，商品化，庸俗化，彷佛說酒，一斗一斗的酒，散盡千金還復來地飲的酒，才是你詩的真正的泉源，彷佛說你的才情都是神賜，酒而成仙仙而後詩詩而後若黃河之水天上來滾滾奔流無絕盡，天啊，杜甫說的「白也詩無敵」又怎能只是這些！她們可知道你「慷慨吐清音，明轉天然出」的樂府和子夜，可知道你的「蓬萊文章建安骨，中間小謝又清發」？她們可知道那縱橫馳騁

雄健奔放「行路難」的鮑照？我們不知道應該怪你自己還是怪讀者，狂語只是為了特殊效果的比喻，白髮何曾三千丈，飲酒誰說三百杯，醉後太守真起舞，長醉不醒那能詩，詩情湧復皆自然，運筆修辭唯鏤心。

不過，我們也是隨和的遊戲者，真真假假的傳說，我們都樂於傳頌，寧可信其有不可信其無，由是，我們日復日月復月年復年地敘述著你少年游俠的風範：手刃數人劫富濟貧，東游維揚，散金三十餘萬，有落魄公子，悉皆濟之；至於貴妃煮酒力士脫靴，我們更是說得口沫橫飛，樂不可支；至於對月豪飲酒後捉月沉江的悲劇，因為太浪漫了，我們心中容或不信，但誰又要相信名震中外的詩仙會貧病而死於不知所終這種反高潮的結局呢？更何況在美國詩人艾肯給你的一封英文詩箋裏，捉月沉江的悲劇彷彿已經是蓋棺定論，由是，喜歡傳說的讀者，則連我啊，有時也隨風而佈這個李白迷愛聽的悲喜劇式的結束，因為這樣可以大大的減輕他們我們潛意識中反詩反藝術的罪惡感。

不過，我可以告訴你的是，當我站在采石磯上，想的都不是這些，
而是一再確認你文字的神奇，
你文字的神奇才真正建構了你永久流傳的生命！

3

牛渚今天不是
青天無片雲
墨湧江波烟消叢樹
森森稜稜的峭壁
隱約刀戟相錯
在天庭
長江如轟雷怒馬

衝入無可量度的浩渺雲烟
悍不可馭的生命
冷冷冷冷地
把帝皇相將一一甩入
風雪過後了無痕
屈平詞賦懸日月
這不是你的詩句嗎？
你又何必在牛渚
斤斤計較
「空憶謝將軍」呢？
（今日又可有謝將軍？）
雲湧如墨江瀉若雷
生命如此

詩亦如此
寫寫寫寫至擲筆倒地
無怨無悔
在悍不可馭的生命裏
駕馭一些生命記憶的碎片
在轟雷怒馬的時間裏
也許會激出
一二可依憑的卦象
如此而已
其實
雲湧如墨江瀉若雷
又何嘗不是生命世界的
一種雄渾與壯麗呢

就讓我們並肩在此岩岸
去靜觀
日出日落花開花謝
天崩地裂風捲殘垣
火燒萬里水掩千城……
或者
放一天無鉤的釣竿
在江邊
坐一個無所收穫的下午

龐德追跡

樂帕羅[1]

樂帕羅灣
藍寶石的水光
躍起
點亮的
霧的浮絲
必然就是
龐德在一個如此的早晨
從半山的一個陽臺遠眺

❶ 樂帕羅(Rapallo)是義大利地中海海岸名城，詩人龐德(Ezra Pound)在此住了很長的一段時間，有不少海岸的形象進入他的名詩《詩章》(*Cantos*)裏。

隱約看見的
女神戴安娜在微波上
輕步的移行
茫茫的水氣裏
搖櫓喝喝的濺瀉
遠古遠海揮戟的濺瀉
彷彿啊
那安詳的瞬刻
盲目目盲的荷馬
在水霧裡頌唱
船艦的毀滅者❷
城邦的毀滅者

❷ 這兩句詩是龐德《詩章》第二首裡有關特洛城之戰中海倫的縮形。

彷彿啊
另一個安詳的瞬刻
垂垂已老的龐德
迷失在自己的奧德賽裏
從隱約在記憶邊緣的艾達荷州
獵犬追迫斑斑滴血喧騰的倫敦
來到這安詳文雅的海灣
夢著早已消失的
黃金的國度和社團
努力把碎片拼完又拼
Penelope那樣
把掛毯上的故事
織完又放

放完又織
等著等著
他的歸來

布農堡[1]記事

古堡大寂

矗天入雲的提洛爾諸峰

不斷傾倒

半透明的薄霧

❶ 布農堡(Brunnenburg)是詩人龐德的女兒瑪莉・德・勒克維茲公主(Princess Mary de Rachewiltz)在北義大利高山提洛爾(Tirol)地區居住的城堡。一九九三年七月，我和慈美應她之邀在那裡小住，並觀賞、印證龐德《詩章四十九》之源頭——一本日人模倣中國「瀟湘八景」帶漢詩的畫冊。詩中的一些外國名字按次是卡佛康提(Calvalcanti)、但丁(Dante)、尤里西斯(Ulysses)、斯德(El Cid)、亞當斯(Adams)。

山、空氣由是著濕著靜
永久的翠綠
永久的靜
神馳，安寧，無需定規
神馳，靜謐，自然歸位
卡佛康提、但丁、尤里西斯
目盲盲目的荷馬
船艦的毀滅者城邦的毀滅者海倫
斯德、孔夫子、亞當斯……
都彷彿已隱入
霧瀑之中
塔樓外
輝煌燦麗的空寂

在環山垂天大袖的擁抱中
輝煌燦麗霧濕的空寂
滴滴的樂句
若有若無
若隱若現
自微氤入睡的谷城中升起
緩緩地
梳著梯田的葡萄園
凝混著酒香的水果樹
一種音樂
一種空間
一個世界
大於提洛爾山區的世界

屬於希臘的
屬於地中海的
有一瞬間
甚至是屬於中國的世界
當一群白鳥
橫展雙翼
無聲地
從提洛爾城堡
滑翔而下
無聲地
不為什麼目的地
滑向谷底
順著風

升起
迴旋
轉翼
再升起
向谷頂升翔
滑升滑升
在山峰上
在山峰外
一片白的翅翼
熠熠熠熠在一角剩下的藍天
再滑翔而下
過城堡
過塔樓的窗前

神馳，安寧，無需定規
神馳，靜謐，一切自然歸位

滂沱夜雨

不見邊緣的
巨大的沉黑裏
電光
　　出擊
自天穹劈下
從淵底濺起
要把群峰的巍峨
炸破、撕裂、燒熔……
翻騰的風

霍霍的呼吸
由北極的山谷
到南極的山谷
鑛鑛鑛鑛
響徹雲霄不絕
雨聲雷聲
一排的箭陣
又一排的箭陣
不分南北西東
踏踢著山壁屋脊奔馳
把市民的驚惶鎮住
把嬰孩的啼哭鎮住
全城瘖默

在等待
滂沱過後
一個全新的盆谷
一組全新的環抱的迴峰
一個全新的提洛爾的誕生

被晨光濺醒

鳥聲
淺纖密纖淺纖密纖
從谷底如浪湧升
陽光
透霧透雲透殘月
突破天峰背面迅速踏著紅瓦的屋頂飛來

提洛爾的早晨就這樣
把城堡的窗子打開
把暗石的住房亮起
把夏涼不覺曉的睡客
濺醒
在教堂的鐘聲迴盪之前
在酒香馳風穿窗而入之前
在谷城的機器聲軋耳之前
在淙淙宛轉的河水把奧德瑞的車群從谷外帶來之前

安達魯西亞
生活畫

摩爾風山城菲麗希利安那（Frigiliana）

全城空寂。

一片亮晶晶的白牆
疊著
另一片亮晶晶的白牆
一片比一片晶亮
稜面的白牆
倚著

稜面的白牆
白白白
無盡變奏的白
腳下一條彎彎曲曲的青石街
頭上一片純粹的天藍
框住
兩三個披著黑衣的婦人
在奮發怒放的九重葛的紅花
和伊斯蘭拼嵌花磚的門楣下
聊天，話家常，竊竊私語
站在那裏
永恆地站著
永恆地說著

這些洗白的屋宇
永恆地訴說著
清澈的記憶和歷史
西班牙的，基督教的，摩爾人的
甚至腓尼基人的歷史
訴說著，永恆地訴說著
像地中海永遠不死的藍色
在橄欖樹叢後，在山谷下方
訴說著腓尼基人
希臘人，羅馬人
法國人，英國人，美國人
甚至亞洲人的出航
遠涉重洋與戰役

關於一些生命和活著的故事
關於一些愛情和愛著的故事
關於一些死亡和死著的故事
全然空寂，永恆空寂。

麻勒格(Malaga)

在畢加索昂貴
變形版畫大展
展覽場的對門
在塵蝕破落的
大教堂的進口
幾隻乾裂紋皺
不斷顫抖的手
伸著伸著只為
僅僅一個子兒

午夜的捶擊

是夜本身
敲擊著我們的夢嗎？

幻遠幻近
隆隆的雷聲擂打著
浪濤
捶擊著騰空的懸崖
捶擊著大塊大塊斷落的岩石
大塊大塊斷落的岩石
無助地在沙灘上

相互地躺著倚著
延綿不絕，間歇有律的敲擊
如黑色的旋風
敲擊著我們的枕頭
壓迫著我們的耳鼓

還是
我們心神本身
敲擊著那些石鼓
捶擊著冷冷入侵的夜？
大塊大塊斷落的我們
相互地躺著臥著
無助地，在廣闊無邊的黑暗裏

側影

中心
邊緣
你
沉默
單
身
牽著
一頭
沒精打采的
驢子

在
十字路口
靜靜地
看
汽車
逡巡著
靜靜地
聽
汽車
咆哮著

沙落布蘭那山城

一座掠風掃雲的摩爾廢堡重重地壓住一山洗白的屋宇和幾乎垂直的狹道把它們全部扭成尖峰四十五度神經繃緊的狹窄的彎角逼使所有開車上下班的住民每天分秒都用冒險的精神去克服這些急轉彎當然每天也照常以一種高度的勝利感安全到達目的地

舍維雅(Sevilla)之夜

當夜湧沸
如地下的泉水
神秘，陰暗，惑人
當夜把大群大群的男女老幼
從大教堂的深處全然傾出
倒入探照燈汎光大亮的
帝王廣場
獨立的 Giralda 大塔
扶壁拱架都一齊躍起
大大小小的庭院廣場上

滿街滿巷的桔子樹叢
暗香流動浮動
街街巷巷的吉他聲和頌唱
流動浮動
向老區 Santa Cruz……
影子橫過影子
影子擠著影子
擠入扭曲如腸的小徑
黃白相間的大公館
盛開著天竺葵
大腹鼓的樓頭間
鍛鐵的路燈下
騰騰美食的香氣

勁力渾然質野的 Flemenco舞蹈的節拍
流動浮動
到了 Rueda小巷
一間西班牙小吃的 Tapa 酒吧
夜
看見了一個獨立的影子
在一杯濃黑咖啡前
弓著背，思索著——
是 Antonio Machado 嗎？
是 Vicente Alexandre 嗎？——
思索著一些羅蜜歐與茱麗葉的故事
如何結合於愛如何結合於死
和舍維雅更多的結合於愛情結合於戰爭結合於死亡

啊，還有那些破而立立而破的結合
摩爾式和哥德式的結合
燦爛的拼嵌花彩和奪目的絕白的結合
啊，除卻戰爭唯有愛的結合
夜陪伴著舍維雅人去擁抱他們
一切的病痛，老傷，腐爛和死

卡蒙那(Carmona)廢堡逆旅兩首歌

1. 黃昏之歌

安達魯西亞谷地
紅紅落日大圓的調色板
一筆一筆地
把絕白的丘屋燃紅
把懸掛在半空中
教堂細長尖塔的側影
細細的刻切之後
迅速地

把剩下來的
粉紅，朱紅，深紫
大筆大筆的粉紅，朱紅，深紫
全部洒向霧白粉白的天邊
畫一條多彩多姿的圍巾
把退而不能休的年老夫婦冷冷的夢
暖暖的包裹起來

2. 曙光之歌

早晨一片黑
雞啼
廢堡的殘垣斷瓦
薄薄的月亮顫動著微光

黑暗的青石街上
隱約是昨夜的跫音
城垛等待著等待著
靜靜的等待著
等太陽的第一線光
把流連不去的黑暗
一揮割破
為你為我
地毯一樣攤開
一百里一千里一萬里
初發的草綠
從肥沃的谷原的這頭
一山坡一山坡的展開

展開
向無涯岸的遠方

紀元末重訪巴黎

紀元末重見塞納河

1

在窗臺上終於等到
陽光從遠方奔來
彎曲的河岸如
陽光的解帶
左右地飄拂
一天空碎光爍爍的
透明的網膜
從米拉堡橋撒向

意安娜橋
從艾飛爾鐵塔撇向
阿力山大橋
一排排的銅像
在金色橋欄躍動的璀燦中
帶著記憶的輝煌醒來
空空洞洞的眼眶裏
彷彿是無盡的懸疑
記憶的蛛網裏
輝煌凝結著黑血
愛慾膠纏著權力
一馬車一馬車的
愛情與哀情緩緩地走過

璀燦的陽光柔柔的奔流
無分東西南北
無分是非愛恨
輕輕的把蛛網的記憶
推入古遠
然後驅來
另一種速度
另一種璀燦
另一種超乎想像的
由最簡單的數字
最複雜的編織而成
完全透明的
天羅地網

和其中無從計算的
無法測知的
因為是無法感覺到的
緩緩地流血的
另一種死亡
拱橋的橋洞
半月形的光半月形的暗
也踏著塞納河上
半月形的光半月形的暗
踏著它們自己
搖搖晃晃的光影走過來
那璀燦的碎光的網膜
是如此的不穩定

搖搖晃晃的光影
晃晃搖搖
這麼一遲疑
那璀燦還沒有來到我窗臺前
便突然杳杳消失

2

從馬諦斯亮麗的窗臺看出去
透明顫顫欲裂的陽光裏
浮游在半空側身欲飛的神祉
他們探前探後
望過閃爍的菩提樹頂
望入不舍晝夜

自遠古流來
向無盡流去的塞納河
他們在搜索什麼呢？

在聖母院熱氣蒸騰的廣場上
從蛛網的街道傾聚到這裏
從世界四面八方湧來的
舊人類，新人類，新新人類
在這裏疲憊地轉來轉去
他們在搜索什麼呢？
像記憶失控的人們
他們無從把眼前的徵兆，象徵，符號
和歷史相連，崇高嗎神聖嗎

確曾在他們心中激起過
一點點湧動，一點點湧動
然後便瞬息失滅
當另一些被棄置的
強烈色彩的異質形象
衝入他們的心幕時
迷茫空蕩裏
他們努力去尋找鍵盤
去呼叫那
一觸即現的
全時間全空間的
歷史文化的記憶，那
自他們心中抽空

切離／貼入
磁片裏的記憶庫
要喚起可以解困的文字
而瞿然被堵死
所有的線路被切斷
所有的記憶都
失落在深淵

人類醒著是為了製造歷史／記憶
和被歷史／記憶製造
參與記憶的製造
是與母體血肉氣脈
相依相持相推相生的成長

當人類把內心的奧秘
擇要譜織那樣程式化
把宇宙的黑箱
抽精去蕪地外在化
把生命全部的秘密交給鍵盤
我們所有的秘密
再也找不到安全的暗角
我們再沒有尋索的意慾
再沒有壯思的飛騰
刻骨鏤心搜索枯腸
那種痛苦中的興奮
人類在放逐了自然之後再放逐
潛藏著萬有升揚幽遠綿密的神思

我們便只剩下孕育我們的死亡
給我們認知／記憶情之為情痛之為痛
給我們重生轉生創造力的死亡
人類還要放逐死亡嗎？
人類還要消滅死亡嗎？
我們可以放逐死亡嗎？
我們可以消滅死亡嗎？
人類在放棄千情並發的心靈後
再放棄血湧脈擊驚濤拍岸的身軀
其後的馳騁攀騰
就是浮沉與游離在
無知覺無血肉無面貌
無蹤影無觸覺無情無慾的

無盡若有無盡若無的
所謂高潮不絕幸福無涯的
擬真世界裡的
幽浮幻在……
其後
滌蕩的鐘聲循例響澈雲霄
塞納河岸兩排蕭蕭的菩提樹
因風揚起的一片天聲
循例飛越河面穿過千窗萬戶
真幻幻真地
杳杳失滅在
巨大深沉冷峻的沉默裏
彷彿從來沒有被聽見

窗臺上的凝望
如聖母院尖塔上的神祉
空盲如是
望入亦是過去亦是將來的遠方

3

好令人激動奮發的滂沱！
鬱雨衝破渾墨的層雲箭衝射下
猛打著圓頂尖塔
猛打著橋頭河面
猛打著街道人群
迷茫千里的雨霧中
沒想到我竟然想起妳

妳，一隻雪白的天鵝
是一八五九年吧
波特萊爾❶憂鬱地告訴我們
妳，在某一個清澈寒冷的早晨
從籠裡掙脫出來
用妳的掌磨擦乾硬的地面
讓妳純白的羽毛拖著塵土
讓鋒利的石頭割破妳柔細的足踝
在一條乾涸的水溝旁
滿心渴欲著妳的原鄉
寂寞地孤獨地
仰天呼喊：

❶ Le Cygne

雨水，什麼時候你會下降？
閃電，什麼時候你會憤怒？
想著妳瘋狂掙扎的崇高
（啊，還是可笑的？）姿態
像所有的放逐者
被剪不斷的想望鞭打著……
失去原鄉的妳寂寞的呼喊
完全沒有人聽見或
聽見的人完全無動於衷
如是妳失神消音
在異化的城市裏流浪
月復月年復年
而漸漸被人群全然遺忘

有時在深夜
在密集建築的陰影間
我仍然隱約聽見妳魂魄細細的呼喊：
雨水，什麼時候你會下降？
閃電，什麼時候你會憤怒？
今天迷茫千里的雨霧中
我想起妳而欲問：
這滂沱的大雨就是妳
一百多年來朝夕的期待？
這滂沱的大雨將引領
妳的庶民回歸原鄉的開始？
滂沱是一種奇特的沉寂
彷彿包孕著顫慄與神奇

我聽不見妳的指示
但我確實看見滂沱大雨
把輪軋與廢氣
把人軋與人塵
把街巷的髒垢血水
和發散著狂暴氣味的褻衣褻紙
完全沖洗乾淨
人去衢空的巴黎
鉛華淘盡的巴黎
她從來沒有比今天更美麗
塞納河奮發的流動
如款腰輕擺
全城的美樹淋漓欲滴

蛛網的街道
如瓣瓣露珠閃爍的花
趁著浪湧而來濕漓洪亮的鐘聲
一同把巴黎自海洋中高舉
而宣說……
她絞痛後的
嶄新的誕生？

■塞納河（一）／葉灼攝

■塞納河（二）
／葉灼攝

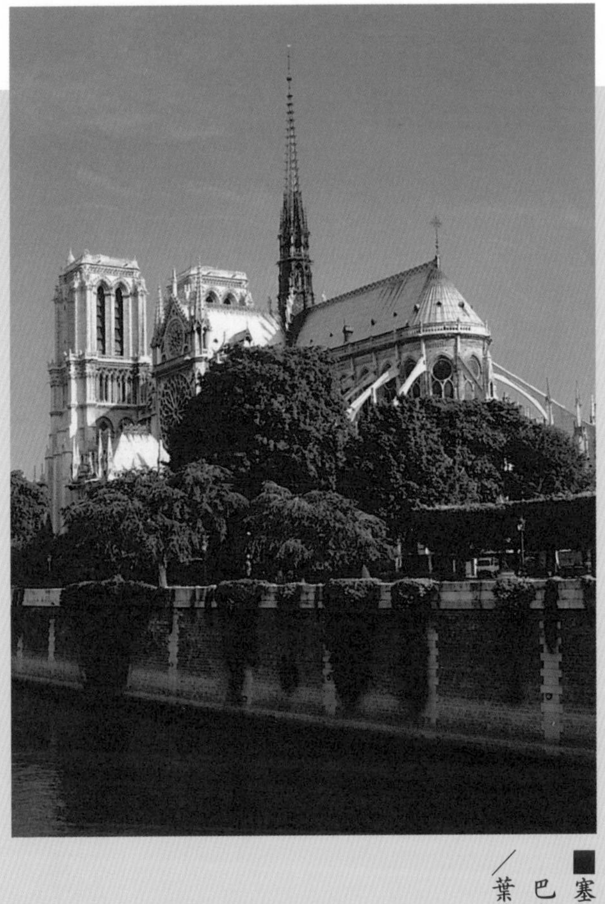

■塞納河畔
巴黎聖母院
／葉灼攝

■聖母院入夜
／葉灼攝

歐洲的唱遊人

一

趕著黑洞的冷風熱風
柏林的地鐵到了站
密密麻麻的黑影傾倒出去
密密麻麻的黑影吸收進來
一支巴爾幹的笛子
在疲憊的影子間
淒其地顫動著

朝陽穿樹萬岩動

白鳥飛花千泊紅
男巾女帶意不盡
金鼓銀鈴踏舞中

淒其的巴爾幹的笛子
在越來越濃黑的
柏林的地下世界裏
突然拔高：
我這調子已經走遍全歐洲
母親，你可曾聽見？
逐著時間的粉香與汗臭

巴黎的地鐵到了站
憧憧疊疊的影子傾倒出去
憧憧疊疊的影子吸收進來
一支俄羅斯的小提琴
在屍白的臉龐間
凄其如裂帛地演奏著

朝陽穿樹萬岩動
白鳥飛花千泊紅
男巾女帶意不盡
金鼓銀鈴踏舞中

凄其如裂帛的俄羅斯的小提琴

在越來越濃濁的
巴黎的地下世界裏
憂鬱地拔高：

　　我這調子已經走遍全歐洲
　　老師，你可曾聽見？

披著記憶的流雲星月
馬德里的地鐵到了終站
零零落落的影子
一一從出口消失
流雲星月的地面
枯枝殘燈的地下

凄其的一支二胡
為誰而唱啊為誰奏？

朝陽穿樹萬岩動
白鳥飛花千泊紅
男巾女帶意不盡
金鼓銀鈴踏舞中

緩慢如血流的二胡
在越來越濃冷的
馬德里的地下世界裏
傷心地嗚嗚：

我這調子已經走遍全歐洲
情人，你可曾聽見？
情人，在路途的終結
你將在那裏等著我？

■拉丁區地鐵站／葉灼攝

■Palais-Royal宮內
Daniel Buren的裝置
／雕刻
／葉灼攝

巴黎 Palais Royal 的顫慄

1

在裝飾得馬戲團那樣
節慶般熱鬧的
高高低低的折斷的廊柱上❶
孩子們興奮地
這條柱頭上坐坐
那條柱頭上坐坐
把這些假面的斷柱群

❶ Daniel Buren 的裝置，雕塑，一九八六。

當作棋盤來玩
無意間重演了
古代鉤心鬥角
笑臉蛇戟不見血的
謀私再謀私
謀殺再謀殺
這一場又一場
引發到最後
古城與宮殿敗落死亡的
前奏曲

2

園林的空道上

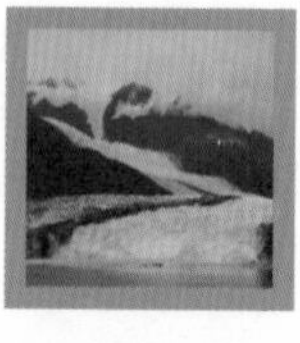

步履遲遲
軀殼顫顫
沒有頭顱
沒有血肉
風乾皺裂的
一大群行進者
他們可是古代
歸來的戰士
在尋找他們
失去的頭顱
在風中若有若
無的碎語裏
試圖去捕捉

被遺漏的事件
重新串連起
他們曾經存在過的事實：
澎湃的血脈
洶湧的靈魂
橫馳在邃古的世界？

我們正處在安全的空間裏
如此思索的時候而
突然被更多更多的
乾裂的胸殼
急速急速的腳步
湧壓向前

乾裂無頭的胸殼
湧迫著
成千成萬的
同樣乾裂無頭的胸殼
從遠古伸到現在
從現在伸向無盡的將來
而我們的每一步
也步履遲遲
緊緊的回應著
這可是人類最後一次的探索？
園林的空道上
只剩下兩棵大樹的胸殼
四五隻缺嘴缺翼的飛鳥

三隻龐大無朋的
怪禽
在乾土上猛猛地啄食
啄啄啄
啄著萬萬年萬萬年的沉默

■步履遲遲
軀殼顫顫
沒有頭顱
沒有血肉
風乾皺裂的
一大群行進者
他們可是古代
歸來的戰士
在尋找他們
失去的頭顱……

／葉灼攝

M Abakanowicz 雕塑，1998～1999／葉灼攝

拉丁區後巷的早晨／葉灼攝

巴黎的晨景

一

被亢奮與疲勞擊敗的巴黎
仍然在皺亂的被單
和污跡斑斑的廢紙叢中
咻咻地打著呼
繼續大做其
瑣碎而刺激的夢
真正而具體的生命已經起來
穿著綠衣的工人

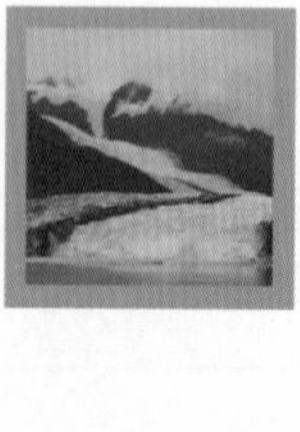

開著綠色的運水車
拿著綠色的掃把
拿著綠色的水龍蛇管
在全城俱寂的時刻
靜靜地
耐心地
把家臭國醜一一洗淨
好讓美名花都的巴黎
有一個得體的開始

二

臺北當年喜歡誇口
麻將桌上摸出文學雜誌來

法國沒有誇口什麼
街頭巷尾的咖啡座上
閑閑散散無所事事
吹吹談談
竟也催生出震撼全世界的
達達和超現實
存在和解構等主義
革命革命革命
女權
「第二性……」
昨夜被排疊平平齊齊的椅子上
曾經坐過什麼破天荒的思想？

坐過什麼纏綿情愛的呢喃？
對春的婀娜多姿的行過
又是什麼評頭論足的話語？
今晨一一的排開
可是要等待
魏晉清談式的洶湧情懷
欲上青天攬明月那種
熱血飛騰的激蕩
來坐
來醞釀
以及孕成
新的狂飆時代？

■等待思想入坐的巴黎咖啡座
／葉灼攝

馬脈嵩❶林蔭

幾個大人
從馬脈嵩堡走出來
坐在旁門的
一片濃濃鬱鬱的樹蔭下
疲敝得像 Degas 的洗衣燙衣婦
借句別人的話說
直是幾件破補衣裳

❶ 巴黎近郊的馬脈嵩堡，是個奇怪的名字，法語 Malmaison，是「病屋」的意思，竟是拿破侖的行宮之一，展出當然是自我膨脹的東西，無甚可看，而且也呈陳舊，惟園內森林極美。

竹竿掛
垂垂然
遲滯不能動
在潮濕而沉壓的炎熱裏

菩提樹林深密的葉叢
在四十五度的陽光下
青翠得如透明的琉璃
濃鬱中一陣輕快
刺激著怠倦
要人突破沉鍋
躍醒如奮發的玫瑰花叢
壓人的七月太沉重了

人還是魂昏欲睡

突然間

幾個小孩子

跑著嚷著

看！

琉璃的陽光裏

樹葉交替的光影間

一隊小小如蜻蜓的降落傘

從樹頂旋舞下來

被興奮的孩子們喚醒

風

和大人們

也來助陣

菩提樹花
時高時低地
隨著孩子們的雀躍
滿林音樂地
飛舞起來

午後曼爾河二首

1. 水鄉

累了
河跟著我們的腳步停下來
高矗濃綠的河樹
圍擁過來
做個圓形的屏風
把下午突起的風
過濾過濾
好讓累了的河

把身體放鬆
讓她豐滿的肌肉
在柳條的輕拂下
得到最完全的休憩
小橋上的人
都很體貼
靜靜的倚著橋欄
放慢了呼吸
不發一語

不要大踏你的腳步啊
畫家詩人
不要把河驚醒

一群鴨子從這邊的鏡沿
輕輕地輕輕地
滑向那邊的鏡沿

才半小時
輪軋輪塵人軋人塵的巴黎
竟是一世紀那樣長的遙遠

2. 聖默爾的曼爾河

大概是聽到妳我心中默唸著她的名字
當我們翻過地球乾旱的一角
曼爾河便緩緩地醒轉過來

徐徐的流動
徐徐的舒發著一種奇異
悠遠而又親近的話語
如此的微細
我們要靜下心來
靜下思想來
凝聽
凝聽
這幽深的音樂
離開聲音
更多我們從未聽過的聲音
滿溢著異象的休止符
將擁向我們

迎接我們
挑逗我們
召喚我們
河樹穠密深厚的墨綠
和在流連未去的陽光裏
新葉的飛青
如河伸出的兩袖
引領我們
依著簌簌微響的律動
走向深不可測的河的源頭
我們一步步走向她
河一步步地應和著
何處是河的源頭？

我們不知道
正如我們無法洞悉
河的悠遠幽邈一樣
我們不知道
我們不要問
河樹與河
河樹與
潛藏在葉子間的
飛鳥動物與蟲類
無盡的交響與交談
我們一步步地走
永不疲倦地走
虔敬地歡快地

走向河的深處
用我們完全開放的器官
去感受
她永恆奧秘的行程

■巴黎近郊曼爾河（一）／陳建中油畫

■巴黎近郊曼爾河（二）／陳建中油畫

紀元末切片

紀元末切片

1

看！容色多煥發，真是體香四溢，花草清流，沒有比這更真更美了！

他們看看眼前的兩個純真的裸體在活潑潑的林木清香溪流中洗濯，再看看自己一身的累贅和頭額四周好像永遠丟不掉的塞壓的重量，就決定與衣衫決絕，兩人牽手步入畫圖中，啊，純真的裸體！活潑潑的林木！體香的溪流！

畫圖豁然開朗，他們彷彿被繽紛的花朵團團圍住，他們正在沉醉在

幸福的春香純香之際，人物景物一一的擴大再擴大，比生命還要真的裸體林木花朵清流，它們的色彩與光澤由濃潤漸漸變得淺啞，人物景物一一的擴大再擴大，它們的容色由彩色漸漸變成黑白，而整個身體由濃淡有致光影互襯得宜漸漸化為無數微粒的小黑點，一千個，一萬個，億萬個微粒的小黑點。

兩個肉身如是顫慄在微粒沙漠無垠的死寂裏。

2

一個數位生物工程師
依著數位與位元的邏輯
一步一步地
把男體女體的器官析解

謹慎地
一片一片地作業
複製成各種不同的程式
像解體機器那樣
一片一片地
把男體女體的器官
變成檔案
沒想到在這已經沒有知覺的
男體女體檔案化快要完成之際
有兩件器官竟然掙扎和抗拒程式化
陽具與陰戶
為了生命與情欲
堅持在那裏

堅持著
抗拒著
堅持著
抗拒著

3

她終於把
感情教育的歷史
一封一封的
激情洶湧
血肉欲裂的
情書
投入熊熊的大火中

燒為灰燼
這樣的
感情教育的歷史
燃燒了不知多少日夜
灰燼
一寸一寸
從十二指腸升高到胃
再從胃進入心臟
轉入食道
封住喉嚨
堵住呼吸系統
就這樣完結了
感情孕生的紀元

三民叢刊書目

㉖作家與作品　謝冰瑩著
㉗冰瑩書信　謝冰瑩著
㉘冰瑩遊記　謝冰瑩著
㉙冰瑩憶往　謝冰瑩著
㉚冰瑩懷舊　謝冰瑩著
㉛與世界文壇對話　鄭樹森著
㉜捉狂下的興嘆　南方朔著
㉝猶記風吹水上鱗
　・錢穆與現代中國學術　余英時著
㉞形象與言語
　・西方現代藝術評論文集　李明明著
㉟紅學論集　潘重規著
㊱憂鬱與狂熱　孫瑋芒著
㊲黃昏過客　沙　究著
㊳帶詩蹺課去　徐望雲著
㊴走出銅像國　龔鵬程著
㊵伴我半世紀的那把琴　鄧昌國著
㊶深層思考與思考深層
　・轉型期國際政治的觀察　劉必榮著
㊷瞬　間　周志文著
㊸兩岸迷宮遊戲　楊　渡著
㊹德國問題與歐洲秩序　彭滂沱著
㊺文學關懷　李瑞騰著
㊻未能忘情　劉紹銘著
㊼發展路上艱難多　孫　震著
㊽胡適叢論　周質平著
㊾水與水神
　・中國的民俗與人文　王孝廉著
㊿由英雄的人到人的泯滅
　・法國當代文學論集　金恆杰著
51重商主義的窘境　賴建誠著
52中國文化與現代變遷　余英時著
53橡溪雜拾　思　果著
54統一後的德國　郭恆鈺主編
55愛廬談文學　黃永武著
56南十字星座　呂大明著
57重疊的足跡　韓　秀著
58書鄉長短調　黃碧端著
59愛情・仇恨・政治
　・漢姆雷特專論及其他　朱立民著

60 蝴蝶球傳奇　顏匯增著
・真實與虛構

61 文化啓示錄　南方朔著

62 日本這個國家　章　陸著

63 在沉寂與鼎沸之間　黃碧端著

64 民主與兩岸動向　余英時著

65 靈魂的按摩　劉紹銘著

66 迎向眾聲　向　陽著
・八〇年代臺灣文化情境觀察

67 蛻變中的臺灣經濟　于宗先著

68 從現代到當代　鄭樹森著

69 嚴肅的遊戲　楊錦郁著
・當代文藝訪談錄

70 甜鹹酸梅　向　明著

71 楓　香　黃國彬著

72 日本深層　齊　濤著

73 美麗的負荷　封德屏著

74 現代文明的隱者　周陽山著

75 煙火與噴泉　白　靈著

76 七十浮跡　項退結著
・生活體驗與思考

77 永恆的彩虹　小　民著

78 情繫一環　梁錫華著

79 遠山一抹　思　果著

80 尋找希望的星空　呂大明著

81 領養一株雲杉　黃文範著

82 浮世情懷　劉安諾著

83 天涯長青　趙淑俠著

84 文學札記　黃國彬著

85 訪草（第一卷）　陳冠學著

86 藍色的斷想　陳冠學著
・孤獨者隨想錄
A・B・C全卷

87 追不回的永恆　彭　歌著

88 紫水晶戒指　小　民著

89 心路的嬉逐　劉延湘著

90 情書外一章　韓　秀著

91 情到深處　簡　宛著

92 父女對話　陳冠學著

131 生肖與童年　小　民著 / 喜　樂圖
132 京都一年　林文月著
133 山水與古典　林文月著
134 冬天黃昏的風笛　呂大明著
135 心靈的花朵　戚宜君著
136 親　戚　韓　秀著
137 清詞選講　葉嘉瑩著
138 迦陵談詞　葉嘉瑩著
139 神　樹　鄭　義著
140 琦君說童年　琦　君著
141 域外知音　張堂錡著
142 遠方的戰爭　鄭寶娟著
143 留著記憶・留著光　陳其茂著
144 滾滾遼河　紀　剛著
145 王禎和的小說世界　高全之著
146 永恆與現在　劉述先著
147 東方・西方　夏小舟著
148 嗚咽海　程明琤著

149 沙發椅的聯想　梅　新著
150 資訊爆炸的落塵　徐佳士著
151 沙漠裡的狼　白　樺著
152 風信子女郎　虹　影著
153 塵沙掠影　馬　遜著
154 飄泊的雲　莊　因著
155 和泉式部日記　林文月譯・圖
156 愛的美麗與哀愁　夏小舟著
157 黑　月　樊小玉著
158 流香溪　季　仲著
159 史記評賞　賴漢屏著
160 文學靈魂的閱讀　張堂錡著
161 抒情時代　鄭寶娟著
162 九十九朵曇花　何修仁著
163 說故事的人　彭　歌著
164 日本原形　齊　濤著
165 從張愛玲到林懷民　高全之著
166 莎士比亞識字不多？　陳冠學著
167 情思・情絲　龔　華著

⑯⑧說吧，房間	林　白著
⑯⑨自由鳥	鄭　義著
⑰⓪魚川讀詩	梅　新著
⑰①好詩共欣賞	葉嘉瑩著
⑰②永不磨滅的愛	楊秋生著
⑰③晴空星月	馬　遜著
⑰④風　景	韓　秀著
⑰⑤談歷史　話教學	張　元著
⑰⑥兩極紀實	位夢華著
⑰⑦遙遠的歌	夏小舟著
⑰⑧時間的通道	簡　宛著
⑰⑨燃燒的眼睛	簡　宛著
⑱⓪月兒彎彎照美洲	李靜平著
⑱①愛廬談諺詩	黃永武著
⑱②劉真傳	黃守誠著
⑱③天涯縱橫	位夢華著
⑱④新詩論	許世旭著
⑱⑤天　讖	張　放著
⑱⑥綠野仙蹤與中國	賴建誠著
⑱⑦標題飆題	馬西屏著
⑱⑧詩與情	黃永武著
⑱⑨鹿　夢	康正果著
⑲⓪蝴蝶涅槃	海　男著
⑲①半洋隨筆	林培瑞著
⑲②沈從文的文學世界	王繼志　陳　龍　著
⑲③送一朵花給您	簡　宛著
⑲④波西米亞樓	嚴歌苓著
⑲⑤化妝時代	陳家橋著
⑲⑥寶島曼波	李靜平著
⑲⑦只要我和你	夏小舟著
⑲⑧銀色的玻璃人	海　男著
⑲⑨小歷史	林富士著
⑳⓪再回首	鄭寶娟著
⑳①舊時月色	張堂錡著
⑳②進化神話第一部 ・駁達爾文《物種起源》	陳冠學著

203
大話小說
莊因 著

作者以其亦莊亦諧的筆調，探觸華人世界的生活百態，這其中有憶往記遊、有典故，當然還有他所嗜好的飲食文化，綜觀全書，不時見他出入人群，議論時事，批評時弊，本著知識份子的良知良行，期待著中國人有「說大話而不臉紅的一天」。

204
人禍
彭道誠 著

太平天國起義是近代不容忽視的歷史事件，他們主張男女平等，要解百姓倒懸之苦。而戰無不勝勢如破竹的天朝，卻在攻下半壁江山後短短幾年由盛而衰，終為曾國藩所敗，何以有此劇變？讀者可從據史實改編的本書中發現端倪。

205
殘片
董懿娜 著

讀董懿娜的小說就像凝視一朵朵淒美的燭光。她筆下的女主人翁大都是敏感又聰明的人物，明明知道等待著她的是絕望，她還要希望。而她們的命運遭遇，會讓人覺得曾經在塵世間匆匆一瞥。本書就在作者獨特細緻的筆觸下，編排著夢一般的真實。

206
陽雀王國
白樺 著

中國施行共產主義，在政治、文化、生活作了種種革新，人民在一波波浪潮衝擊下，徘徊新舊之間。本書文字自然流暢，以一篇篇小說寫出時代轉變下豐富的眾生相，可喜、可憎、可愛的人生際遇，反應當時社會背景，讀之，令人動容。

207

懸崖之約

海男　著

「男人與女人在此約會中的故事，貫穿著一個幸運的結局和另一個戲劇的結局」。一個患腦癌的四十歲女子，她要在去天堂之前去訪問記憶中銘心刻骨的每一個朋友，也許是密友、情人、前夫，她的生活因為有了昨日的記憶，將展開一段不同的旅程。

208

神交者說

虹影　著

人的情感總是同時交雜著出現，很難只用喜悅、悲傷、恐懼等單純詞語完整表達。而本書作者細緻地記述回憶或現實的片段，藉以呈現許多情況下（如養父過世，或只是邂逅陌生人等）人複雜多變的感覺，使讀者能自然地了解書中的情境與人物的感受。

209

海天漫筆

莊因　著

或「拍案叫好」或「心有戚戚」或「捫心自思」，作者以其多年旅居海外經驗，與自身文化激盪的心得，發為一篇篇散文，不但將中華文化精萃發揚，亦介紹西方生活的真善美。且看「海」的那片「天」空下，作者浪「漫」的妙「筆」！

210

情悟，天地寬

張純瑛　著

本書乃集結作者旅居美國多年來的文章，娓娓細述遊子之情。其文字洗鍊，生動感人，處處展現羈旅之心與赤子之情。作者雖從事電腦業，但文章風格清新雋永。值得你我風簷展讀，再三品味，從中探索「情」之真諦！

211
誰家有女初養成
嚴歌苓 著

「巧巧覺得出了黃桷坪的自己，很快會變一個人的。對於一個新的巧巧，窩在山溝裡的黃桷坪和窩在黃桷坪的一切人和事，都不在話下。」踏出黃桷坪的巧巧會有怎樣的改變呢？如願的坐上流水線抑或是……

212
紙銬
蕭馬 著

紙銬，這樣再簡單不過的刑具，卻可以鎖住人的雙手，甚至鎖住人心，牢牢的，讓人難以掙脫更不敢掙脫。隨便揀一張紙，挖兩個窟窿，然後自己把手伸進去，老老實實地伸直了手，哪敢輕易動彈，碰上風吹雨淋，弄斷了紙銬，一個個都急成了哭相……

213
八千里路雲和月
莊因 著

本書可分為兩大部分，雖然皆屬於記遊文字、同在大陸地區，時間，卻整整相隔了十八年。作者以其獨特的觀點、洗鍊的文筆，道出兩段旅程中的種種。從這些文章，我們可以看見一些故事，也可以看出一位經歷不凡的作家，擁有的不凡熱情。

214
拒絕與再造
沈奇 著

新詩已死？現代人已不讀詩？對於這些現象，作者本著長年關注現代詩的研究，對現代詩有其深刻的體認，無論是理論的闡述或是兩岸詩壇的現況，甚至是詩作的分析，都有其獨特的見解。在他的帶領下，你將對現代詩的風貌，有全新的認識與感受。

215
冰河的超越
葉維廉　著

詩人在新生的冰河灣初次與壯麗的冰河群相遇，面對這無言獨化、宇宙偉大的運作，面對「雪疊著雪雪疊著雪疊著永不溶解的雪／緩緩地積壓著／冰晶冰層冰箔相連覆蓋九萬餘里」的景象，喜悅、震撼、思涉千載而激盪出澎湃磅礡的——冰河的超越。

216
庚辰雕龍
簡宗梧　著

基於寫作興趣就讀中文系，卻因教學職責的召喚，不得不放緩文學創作的腳步。本書作為政大簡宗梧教授創作成果的集結，不僅可讓讀者粗識簡教授於教學及研究著績外的創作成果，也將是記誌簡教授今後創作「臺灣賦」系列作品的一個始點。

217
莊因詩畫
莊　因　著

因心儀進而仿效豐子愷漫畫令人會心的幽默與趣味，作者基於同樣對世間生命萬物寬厚博大的關注與愛心，以他罕為人知的「第三枝筆」，畫出現今生活於你我四周真實人物的喜怒哀樂，並附以詩文，為傳統的中國詩畫注入了全新的生命。

218
換了頭抑或換了身體
張德寧　著

換了頭抑或換了身體？當器官移植技術發達到可以更換整個身軀時，我們要擔心的是生理上的排斥或心理上的抗拒？該為人類創造的奇蹟喝采還是為扭曲了人的靈魂而付出代價？藉作者精心的布局與對人深刻的觀察，我們將探觸心裡未曾到達的角落。

219

黥首之後

朱暉 著

政治上成分的因素，他曾前後被抄三次家，父母也先後被送入囹圄和下放勞改。他嚐盡世間的殘酷悲涼，看透人性的醜陋自私，但外在的折磨越狠越兇，內裡的親情就越密越濃。人性中最陰暗齷齪的一面與最光明燦爛的一面，都在這裡。

220

生命風景

張堂錡 著

每個人的故事，如同璀璨的風景，綻放動人的面貌。透過作者富含情感的筆觸，引領出成功背後的奮鬥歷程。文中所提事物，與我們成長經驗如此貼近，讓人油然而生「心有戚戚焉」之感。他們見證歷史，也予我們許多值得省思與仿效的地方。

221

在綠茵與鳥鳴之間

鄭寶娟 著

不論是走訪歐洲歷史遺跡有感，或抒發旅法思鄉情懷，抑或中西文化激盪的心得，作者以其一貫獨特的思考與審美觀，發為數十篇散文，澄清的文字、犀利的文筆中，流露著一種靈秘的詩情與浪漫的氣氛，讓讀者在綠茵與鳥鳴之間享受有深度的文化饗宴。

國家圖書館出版品預行編目資料

冰河的超越 ／ 葉維廉著 －初版一刷－臺北市：三民，民89

面； 公分.

ISBN 957-14-3331-4（平裝）

851.486 89015836

網際網路位址 http://www.sanmin.com.tw

著作人 葉維廉
發行人 劉振強
著作財產權人 三民書局股份有限公司
臺北市復興北路三八六號
發行所 三民書局股份有限公司
地址／臺北市復興北路三八六號
電話／二五〇〇六六〇〇
郵撥／〇〇〇九九九八——五號
印刷所 三民書局股份有限公司
門市部 復北店／臺北市復興北路三八六號
重南店／臺北市重慶南路一段六十一號
初版一刷 中華民國八十九年十一月
編 號 S 85560
基本定價 肆元捌角
行政院新聞局登記證局版臺業字第〇二〇〇號

ISBN 957-14-3331-4 （平裝）